イギリス子どものうた

ふしぎでおかしな子どものせかい

スパイク・ミリガン＆トニー・ブラッドマン

岩佐敏子訳　飯野和好絵

もくじ

スパイク・ミリガン

ぐるぐる

あるひ　シーンぼうやが
かんがえこんだ
ぼうやは　パパに聞《き》いた
地球《ちきゅう》がまわっているって
ほんとうか　どうか

「ああ　ほんとうだとも」
パパはこたえた
「昼《ひる》も夜《よる》もまわっているんだよ」
「それで地球《ちきゅう》はつかれないの？」
シーンぼうやが
パパにたずねているのが
聞《き》こえてきた

お風呂《ふろ》に入《はい》っていた
おねえちゃんが
これを聞《き》きつけて
とびだしてきた
「なんだって?
パパなんて言《い》っていた?」
シーンぼうやはこたえた
「地球《ちきゅう》はまわっているんだって」
すると　おねえちゃんが言《い》った
「だから　わたし
めまいがするんだわ」

あめ

空《そら》にあながあいている
あめはそのあなに入《はい》っている
でも　あなはとても小《ちい》さいから
あめはほそい

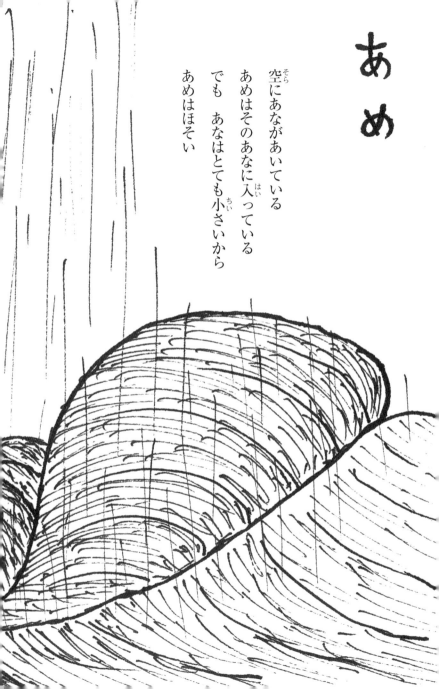

おねえちゃん

おねえちゃんは
わたしより大《おお》きい
おねえちゃんは
わたしをかるがるもちあげる
わたしは何回《なんかい》やっても
おねえちゃんを
もちあげられない
おねえちゃんは

きっと　なにかおもいものを
からだの中《なか》に入《い》れているんだ

小《ち》さいふたり

四《よん》さいと五《ご》さいの
小《ちい》さな子《こ》どもが
巣《す》に入《はい》っていくハチを
見《み》つけた
ふたりとも
ハチなんか見《み》たこともなかった！
もっと見《み》たくてまっていると
まもなく　たくさんのハチが
いっせいに

とびだしてきた
みんなおんなじかっこう！
ハチはブンブンしながら
つぎからつぎへと
巣《す》をとびだしていき
みんな　出《で》ていってしまった
四《よん》さいの子《こ》どもが言《い》った
ハチってばかだけど
わたし　あの羽《はね》がほしい！

野《や》菜《さい》ライオン

ぼくは　野《や》菜《さい》しか食《た》べないライオンだ
肉《にく》を食《た》べるのはやめた
ほえるのもやめた
だから　ただ　チッチ　チッチ　なくだけ

ぼくは　するどいつめで
動物《どうぶつ》の皮《かわ》をはぐなんて　もうしない
そんなことしたら　血《ち》がふきだしてきて
ばい菌《きん》が入《はい》りこんじゃう

まえは　ぼくもおそろしいライオンだった
だって　ほかの動物《どうぶつ》をころそうとしたんだから！
でも　あの血《ち》を見《み》たら
とても気持《きも》ちわるくなっちゃった

ぼくは　一度《いちど》象《ぞう》をおそったことがある
頭《あたま》めがけて　まっしぐらにむかっていった
でも　三日《みっか》後《ご》に気《き》がついたら
ジャングルの病院《びょういん》のベッドにいた

いまは　ただ　にんじんを食《た》べている
にんじんはころすのがかんたんだ
だって　ぼくがいきなりとびかかっても
いつもじっとしたままだもの！

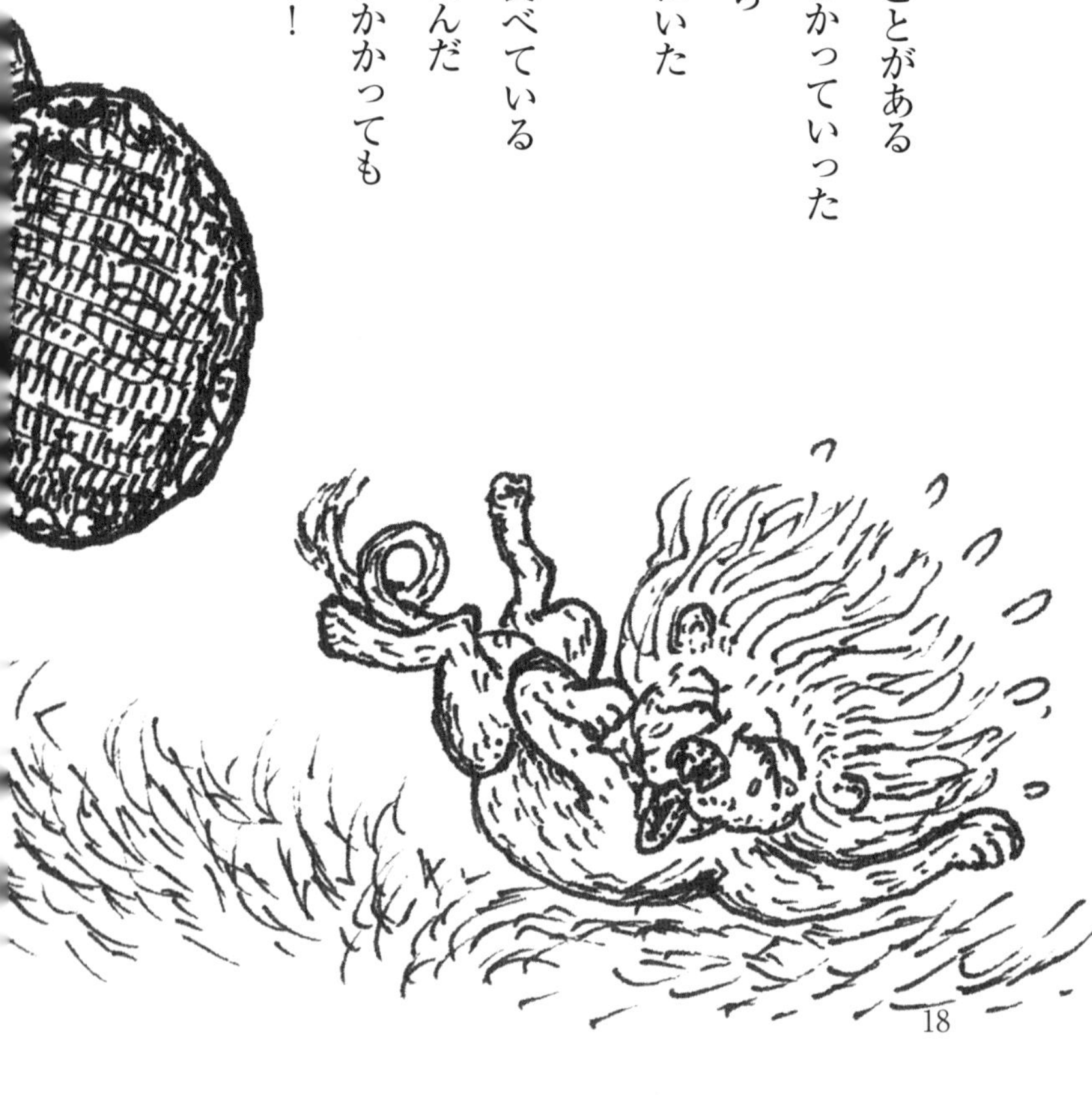

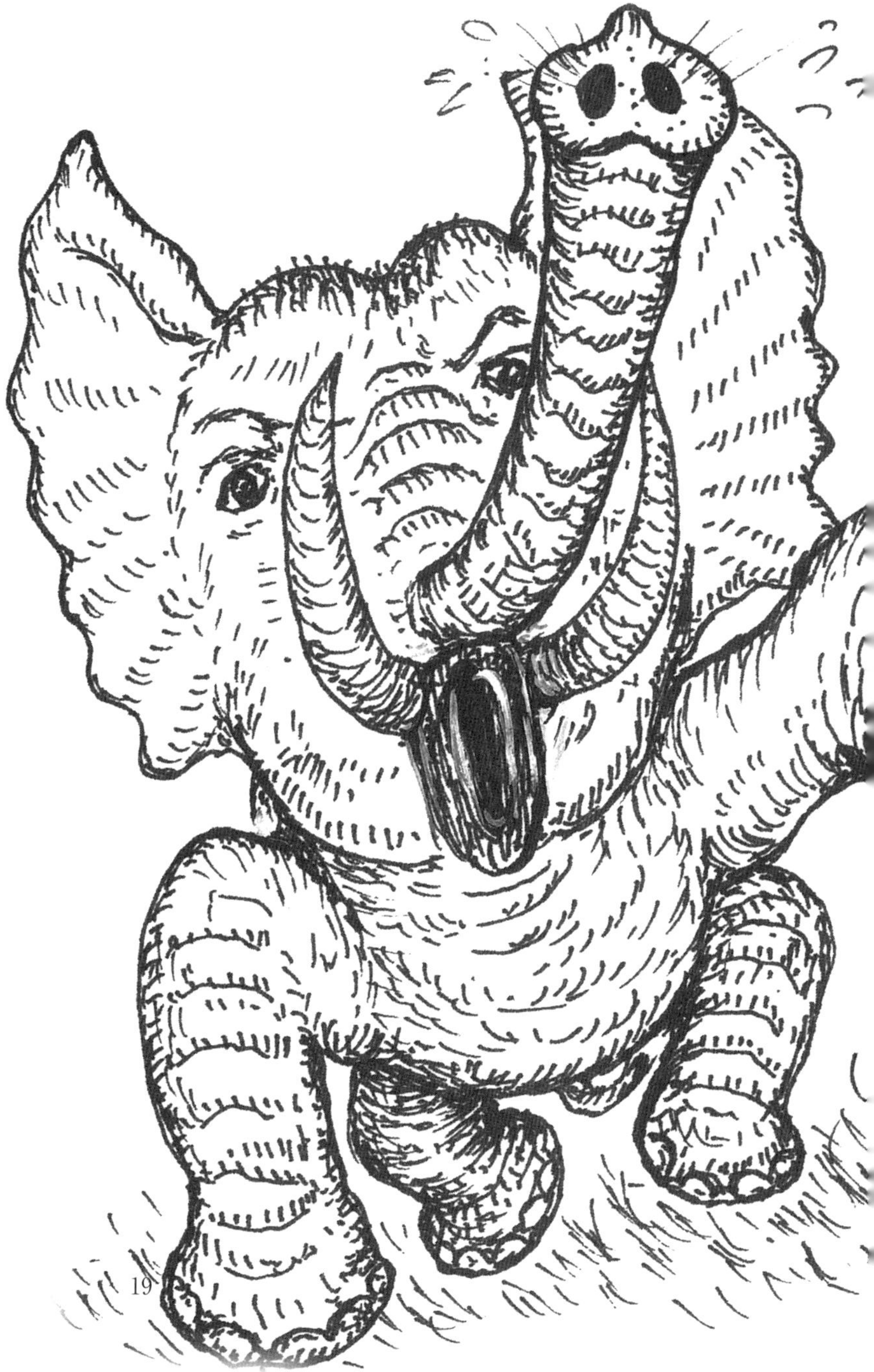

たから箱《ばこ》

メアリー・アンや
ママのたから箱《ばこ》の中《なか》を
のぞいては　いけないよ
たから箱《ばこ》の中味《なかみ》は
だれも見《み》ちゃいけないんだから

一八九二年《ねん》になるまでは
ネコだって　動物園《どうぶつえん》のシマウマだって
見《み》ちゃいけないんだ

それから　サルだってだめなんだ
「でも　一八九二年《ねん》なんて
もう過《す》ぎちゃったじゃないの！」って
メアリー・アンが言《い》ったら
ディックおじさんが　言《い》ったっけ
「おや、まあ、そうだったかい
わしとしたことが
とんだまぬけだったわい」

「それじゃ　たから箱《ばこ》を
あけてごらん
そして　中《なか》に何《なに》が入《はい》っているのか
教《おし》えておくれ
箱《はこ》の中《なか》にあるのは
年《とし》とったママの　プライドなんだから！」

古《ふる》い　ほこりっぽい広間《ひろま》で
メアリー・アンは　そっと
たから箱《ばこ》のふたをあけた
ところが
ママのたから箱《ばこ》は　からっぽだった！

ママは　プライドなんて
まったく　持《も》っていなかったのさ

さあいそげ！
ネコを全部《ぜんぶ》つれておいで
それから動物園《どうぶつえん》のシマウマも
そして一八九二年《ねん》以来《いらい》
ずっとまちつづけている　サルたちも

すべるうつわ

カップと口《くち》びるの間《あいだ》には
たくさん　スルスルがあるよ
そうして　ポタ　ポタ　ポタって
音《おと》を出《だ》すよ

わるい成績表《せいせきひょう》——よいお行儀《ぎょうぎ》

父《とう》さんが言《い》った
「ねえ、おまえったら
この成績表《せいせきひょう》はひどいね」
ぼくはこたえた
「でも　ぼく、一生懸命《いっしょうけんめい》やったんだよ。
ねぇ、父《とう》さん」
父《とう》さんは言《い》った
「それじゃ、せつめいしておくれ
どうして、クラスで一番《いちばん》ビリなのか」
「だって、父《とう》さん
ぼく、わきによけていたんだよ
みんなを　先《さき》に通《とお》してあげようと思《おも》って」

おばあさんのくつ

ある晩《ばん》　ベッドの中《なか》で　おばあさんは
かすかなもの音《おと》を聞《き》いた
ペック　ペック　ペック
なんだか口《くち》ばしでつついているような音《おと》だ
それから　それはこんな風《ふう》に聞《き》こえてきた
ビンクル　ボンク
イックル　ティックル　トゥート
すると　おばあさんのくつの中《なか》から
その音《おと》は　いっせいにとびだしてきた！

くつもとびはねだした
そして　ピョン　ピョンと
広間《ひろま》の方《ほう》まで行《い》ってしまった
やがて　くつの底《そこ》から聞《き》こえてきた
ターザンの叫《さけ》ぶ声《こえ》
ライオンのほえる声《こえ》
オウムがキーキー鳴《な》く声《こえ》
今《いま》では　そのくつは
とりかごに閉《と》じこめられて
ロンドン動物園《どうぶつえん》のおりの中《なか》にいる

虫《むし》

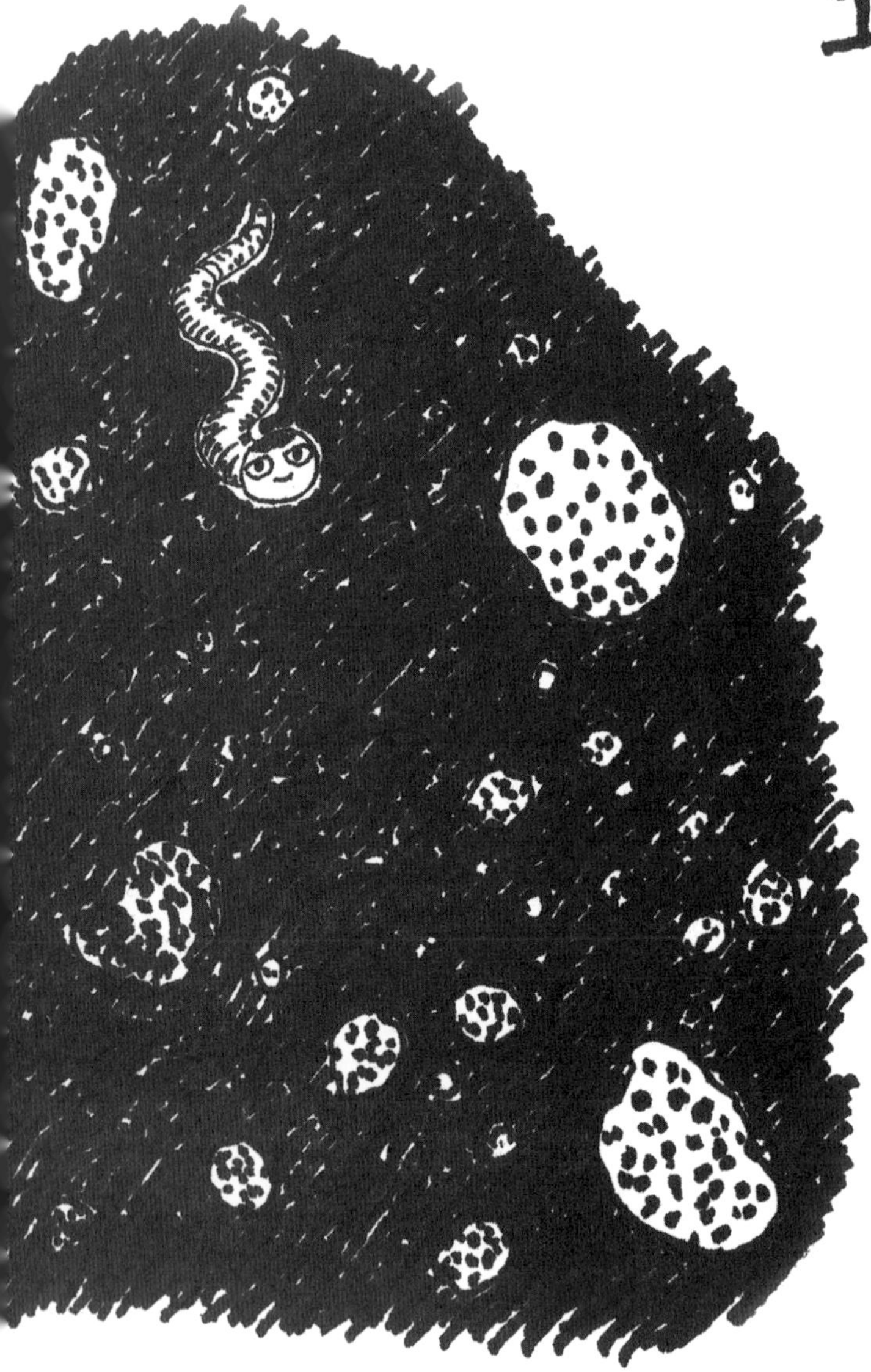

小《ちい》さな虫《むし》が　くねくね　動《うご》いている
それを見《み》ると　ぼくも　いもうとも
くすくす　笑《わら》ってしまう
虫《むし》は泥《どろ》の中《なか》や
じめじめした所《ところ》に住《す》んでいる
でも　お医者《いしゃ》さんにかかったことなんか
一度《いちど》もないみたい

きっと　ものすごく丈夫《じょうぶ》な虫《むし》なんだ
くね　くね　くね　動《うご》いている

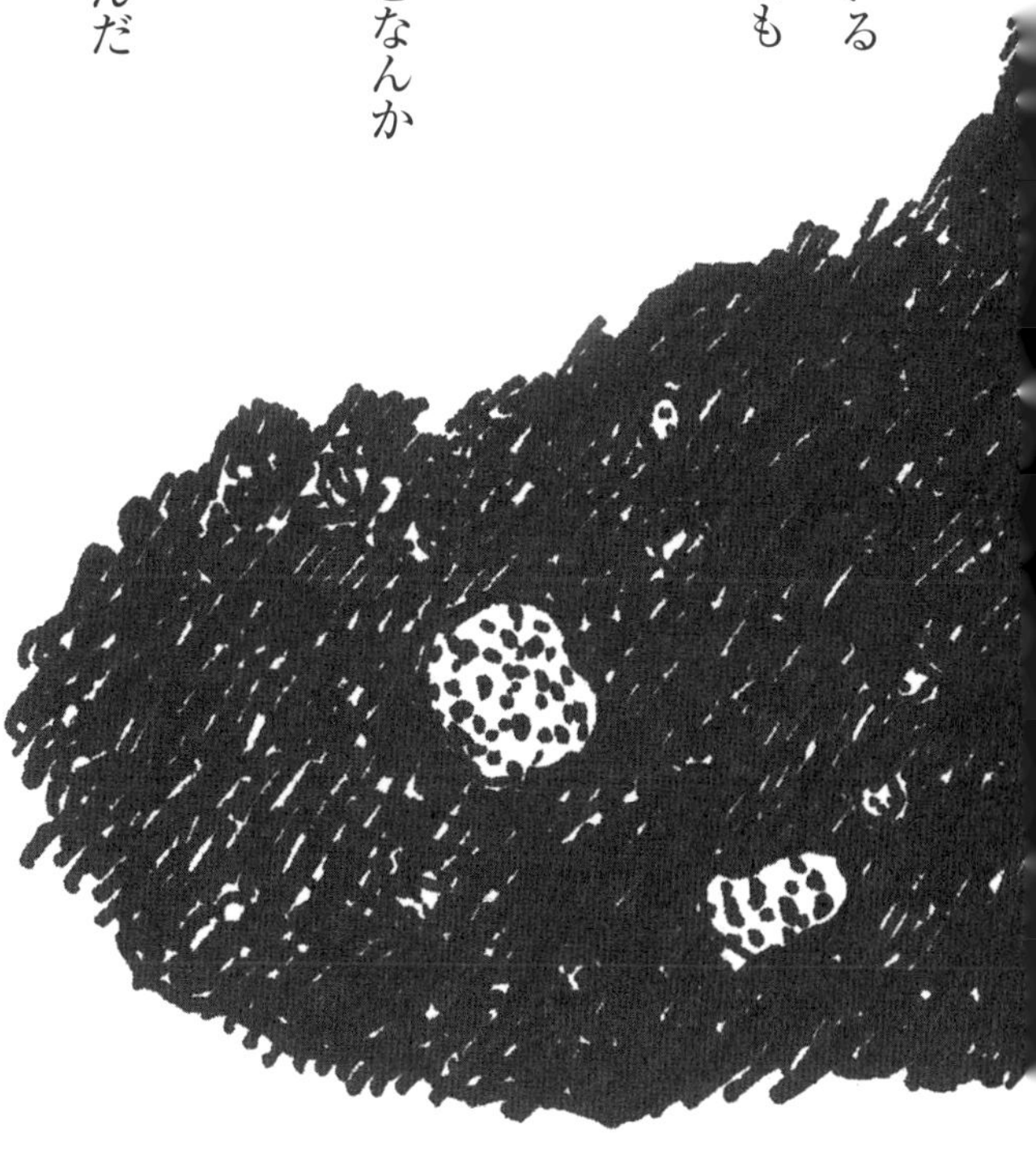

おじいちゃんのベッドタイムストーリー

これからお話《はなし》してあげるよ
冒険物語《ぼうけんものがたり》や　天国《てんごく》と地獄《じごく》のお話《はなし》を
さあ　みんな、ベッドに入《はい》ってごらん
お話《はなし》してあげるよ
まだ　だいぶ早《はや》いから
たくさん　お話《はなし》できるよ
さあて　このお話《はなし》はね
おじいちゃん　よくおぼえているよ
おじいちゃんのおとうさんが

お話《はなし》してくれたんだ
いいや　ネルおばさんだったかな?
それともおじさんだったかもしれないね
おじさんの名前《なまえ》は
フレッドって、いったと思《おも》うよ
とっても　すばらしい人《ひと》だったよ
でも　残念《ざんねん》なことに
おじさんは死《し》んでしまった
おじさんは
よく海賊《かいぞく》の話《はなし》をしてくれたものさ
へんなことだけど
おじさんは　ぼくのこと　好《す》きじゃなかった

おじさんはトムっていう
猫《ねこ》をかっていたんだ
体《からだ》じゅう　できものだらけの赤毛《あかげ》のやつさ
それにディックっていう
犬《いぬ》もかっていた
ばかでかい　大《おお》きな鼻《はな》をして
いつも　ほえつこうとしていたよ
みんな　アクトングリーンの近《ちか》くに
住《す》んでいたと思《おも》ったがなあ
いいや　ポンダーズエンドだったかな
たぶん　そのどちらかだったと思《おも》うがね
ええと　おじさんの友《とも》だちの名前《なまえ》は

なんといったかなあ
ジムじゃなかったし
レンでもハリーでもなかったなあ
そうだ　バートだったと思《おも》うよ
思《おも》いだした　思《おも》いだした
おじさんは
ルーニー・ラリーという男《おとこ》に
やられたんだ
あの時《とき》の看護婦《かんごふ》さんを覚《おぼ》えているよ
おじさんの足《あし》に　ほうたいを巻《ま》くとき
いつも　ブツブツ文句《もんく》を言《い》っていたっけ
おじさんの足《あし》は

二《に》、三《さん》ケ所《かしょ》やられていたから
つまずいて　へまをしたのさ
さあて　お話《はなし》してあげよう
きっと　ワクワク　ムズムズするよ
「むかし　むかし……　あれまあ
みんなすっかり寝《ね》てしまったよ」

ネリー・ニニス

ネリーという女《おんな》の子《こ》がいたんだって
その子《こ》のお腹《なか》はナイロン製《せい》だから
お腹《なか》の皮《かわ》がものすごく薄《うす》くて
中《なか》が　みんなすけて見《み》えちゃうんだって
お腹《なか》の中《なか》はカスタードとゼリーで
いっぱいだったたって

ハムレット

ハムレットがオフィーリアに言《い》った
「あなたをスケッチしたいのだが
どの鉛筆《えんぴつ》を使《つか》ったらよいのだろう
2B《ビー》　それとも　2B《ビー》ではだめ？」

どうやって恐竜《きょうりゅう》はやってきたの

「パパ　恐竜《きょうりゅう》って　なあに？」
ジェーンが聞《き》いた
「恐竜《きょうりゅう》はね　ものすごく大《おお》きいやつさ
でも　もういないね」

「そういうの　どこからやってきたの？」
「さあね　わからないね」
これだけ聞《き》くと
ジェーンはあっちへ行《い》っちゃった

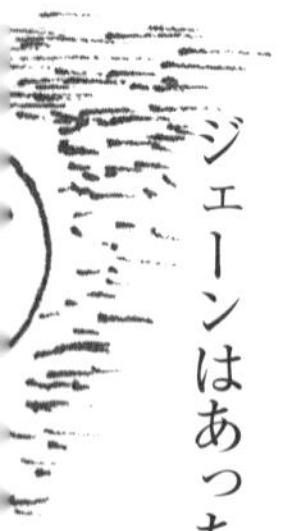

ジェーンはそのことを
ずっとかんがえていたにちがいない
暗《くら》くなってから
ジェーンがとつぜん言《い》いだした

「わかった！　わかった！
恐竜《きょうりゅう》って　月《つき》からやってきたんだよ！」
「ねぇ　ジェーン　それがほんとうなら
どうやって恐竜《きょうりゅう》がやってきたのか
おねがいだから　ちゃんとはなしておくれ」
ジェーンは言《い》った
「もちろん　おっこちちゃったのよ」

ガムをかんだら

歯医者《はいしゃ》さんなんか　どっかへ行《い》っちゃえ
いすなんか　どっかへ行《い》っちゃえ
「これがいたいんだね」なんて言《い》うの　どっかへ行《い》っちゃえ
やーい！　やーい！

注射《ちゅうしゃ》なんか　どっかへ行《い》っちゃえ
看護士《かんごし》さんなんか　どっかへ行《い》っちゃえ
アマルガムなんか　どっかへ行《い》っちゃえ
ばか！　ばか！　ばか！

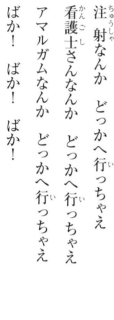

針《はり》なんか　どっかへ行《い》っちゃえ
錐《きり》なんか　どっかへ行《い》っちゃえ
「お口《くち》を大《おお》きくあけて」なんて言《い》うの　どっかへ行《い》っちゃえ
やめて！　やめて！　やめて！
ショーンぼうやが五歳《ごさい》のとき言《い》ったのさ
「歯医者《はいしゃ》さんなんか　どっかへ行《い》っちゃえ」

トニー・ブラッドマン

おりこうさん

クラスの友達《ともだち》が言《い》う
ぼくのこと　りこうすぎるって
あんまり頭《あたま》がきれると
けがをするって

ぼくの手《て》は
さっと　一番《いちばん》にあがる

ぼくは答《こたえ》でいっぱいだから
いまにも破裂《はれつ》しそうだ

クラスの友達《ともだち》は
おりこうさんと言《い》って
ぼくのことを　からかう

先生《せんせい》のペット君《くん》と言《い》って
ぼくをけいべつする

もうぼく　けっして
手《て》なんてあげないで

だまっていよう
それがぼくの答《こたえ》かもしれない……
りこうでいるなんて　大《だい》きらいさ

エドワードのこと

友《とも》だちのエドワードが言《い》うには
エドワードは　夜《よる》いつまでも起《お》きていてもいいんだって

でもぼくは　そんなこと信《しん》じないね

友《とも》だちのエドワードが言《い》うには
エドワードは　自分専用《じぶんせんよう》のテレビを持《も》っているんだって

でもぼくは　そんなこと信《しん》じないね

友《とも》だちのエドワードが言《い》うには
エドワードは　おこづかいを一週間《いっしゅうかん》に二十五《にじゅうご》ポンドもらうんだって

でもぼくは　そんなこと信《しん》じないね

友《とも》だちのエドワードが言《い》うには
エドワードのお父《とう》さんは　すごいお金持《かねも》ちなんだって

でもぼくは　そんなこと信《しん》じないね

友《とも》だちのエドワードが言《い》うには
エドワードは　空手《からて》で黒帯《くろおび》なんだって
でもぼくは　そんなこと信《しん》じないね
友《とも》だちのエドワードが言《い》うには
エドワードは　宇宙船《うちゅうせん》に乗《の》ったことがあるんだって
でもぼくは　そんなこと信《しん》じないね
友《とも》だちのエドワードが言《い》うには

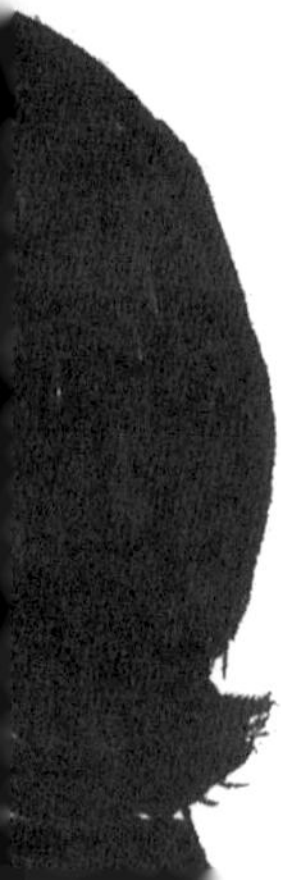

エドワードは　今日《きょう》なんども　うそをついたので
お母《かあ》さんが　遊《あそ》びにいかせてくれないんだって
ぼく　これは信《しん》じるよ　信《しん》じるとも！

おとうと

おとうとは
いつも　いろいろなものを　なくす

今年《ことし》になってからだって（まだ二月《にがつ》だっていうのに）
ぼうし　手《て》ぶくろ　スカーフ
教科書《きょうかしょ》二冊《にさつ》
図書館《としょかん》のカード
わたしのお気《き》に入《い》りのペン
クリスマスプレゼントにもらったフットボール
パパの腕《うで》どけい
かん切《き》り
裏口《うらぐち》のかぎ
それから
自分《じぶん》の声《こえ》（風邪《かぜ》をひいたとき）

ママが言《い》った
よくよく反省《はんせい》しないと
そのうち　自分《じぶん》を
どこかに　なくしてきてしまうわって
そうしたら　みんなが笑《わら》った

ところで　あなた
わたしのおとうとを　見《み》かけなかった？

おじいちゃん

おじいちゃんは
やさしいんだよ
ごつごつしたおひざに
わたしをのせてくれるよ

おじいちゃんは
わたしのあごを
こちょこちょくすぐって
わたしの鼻《はな》を
ちょこっとつまんで
そして言《い》うの
かわいいお花《はな》だねって

おじいちゃんは
おこづかいをくれるよ
そして言《い》うの
わたしのこと
とってもかわいいねって

おじいちゃんは
お話《はなし》もしてくれるよ
おうたもうたってくれるよ
そしてまた言《い》うの
わたしのこと
いい子《こ》だねって

わたしを追《お》いかけて

ママ　わたしを追《お》いかけて
パパ　わたしを追《お》いかけて
よい子《こ》のときでも
悪《わる》い子《こ》のときでも

わたしを追《お》いかけて　追《お》いかけて
椅子《いす》のまわりを　ぐるぐる
ホールを　ぐるぐる
それから　かいだんをあがって

わたしを追《お》いかけて　追《お》いかけて
あっちも　こっちも
うちじゅうを　ぐるぐる
それから　そこいらじゅうを
もう一回《いっかい》　わたしを追《お》いかけて
それから　あともう一回《いっかい》
追《お》いかけられているのって
ほんとうに　おもしろいんだもの！

ひどい日《ひ》もあるものだ

きょうは　ほんとうに　ひどい日《ひ》だった
何《なに》もかも　うまくいかなかった
テストにしくじって　しかられて
それから　けんかをした

運動場《うんどうじょう》でころんだら
一番《いちばん》だいじな消《け》しゴムをなくしてしまった
それで家《いえ》に帰《かえ》って
思《おも》いっきり泣《な》いた

お茶《ちゃ》のじかんに
おとうとが　わたしにかみついたので
お茶《ちゃ》をこぼしてしまった
なぜ　一体《いったい》どうして
まったく　ぐうぜんのできごとなの

よる　パパが部屋《へや》に入《はい》ってきて
キッスしてくれた
パパはわたしの頭《あたま》に手《て》をおいて
こう言《い》った

「人生《じんせい》には　ときどきむずかしいことも　あるんだよ。それは　時《とき》には
とても苦《くる》しいことさ。でもね　また必《かなら》ずおまえを笑《わら》わせてくれるようなことも
あらわれるものなんだよ」

「だから　さあ　目《め》をとじておやすみ。うまくいかなかったことなんか
すっかりわすれておしまい。そのうち　きっと大笑《おおわら》いするようなことも
あるさ」

そしたら　何《なに》がおこったと思《おも》う
パパが部屋《へや》を出《で》ようとして　ドアの方《ほう》に行《い》こうとしたら
つまずいて　体《からだ》ごとすっとんで
床《ゆか》に　ぺしゃんこにのびてしまったの

わたし　おかしくて　ふきだしてしまった
そうしたら　パパが言《い》ったわ
「あれ　おまえもうかわっちゃったね
さっき　元気《げんき》になるよって言《い》ったけど
こんなに早《はや》くなるとは思《おも》わなかった」

朝《あさ》

太陽《たいよう》が　僕《ぼく》の部屋《へや》の窓《まど》から
ジャンプして　とびこんできた
そして　何《なん》と言《い》ったと思《おも》う
「さあ　おきなさい。
頭《あたま》からねむけを追《お》い払《はら》いなさい――
今日《きょう》は　すばらしい日《ひ》ですよ！」

ねずみ

ねこにかみついた
ねずみを知《し》っているよ
それって　すごく痛《いた》かったので
ねずみは
二度《にど》とねこに　かみつかないよ

アイスクリーム

カンカン照《で》りの
夏《なつ》の日《ひ》
アイスクリームをなめるのは
ゆかいだね

アイスクリームは
すぐとけちゃうから
ポタポタしないうちに食《た》べちゃうのって
むずかしいよ

あまくて　つめたくて
アイスクリームはいいね　でも
ポタポタとけてくると
ベトベトになっちゃう

アイスクリームが
洋服《ようふく》にも
髪《かみ》にも
鼻《はな》の頭《あたま》にも　ついちゃった

パパが言《い》うの
あんまり食《た》べちゃだめって
アイスクリームとわたしを
たし算《ざん》したら
メチャクチャだって！

ICE CREAM

風《かぜ》

ヒュユユユユュュュュュ
ススススススススススススス
シュユユユ――ウウウウウウウウ・・・・・・・

風《かぜ》がふいている
丘《おか》をこえて　ビュービューふいてくる
ふきまくって　ふきまくって　ふきまくって
ヒューヒューうなって　ほえている
もう　わたし　立《た》って
いられなぁい・・・・・・・
風《かぜ》が　わたしをふきとばそうとしている
あの丘《おか》の　むこうに・・・・・・・・・・・・

しっかりつかまって
地面《じめん》に足《あし》をふんばって
力《ちから》いっぱい　あの風《かぜ》とたたかわなくちゃ
風《かぜ》は夜《よ》どおし
ふきまくって　あえいでいる
フーフー言《い》って　ふきまくっている
さあ　わたし
行《い》こうおおおうううううううう・・・・・

わあ　ふっとんじゃう
もう　つかまって　いられない
もう
さようならららああああああああ・・・・・
ヒュユユユユユユユユユ
ススススススススススススス
シユユユユ――――ウウウウウウウウ・・・・・・・

ひみつ

ないしょの話《はなし》なんだけどね
あなた　言《い》っちゃだめよ
あのね　そのひみつって
わたしの親友《しんゆう》の……足《あし》のことなの

言《い》ったらわるいんだけど
そう　友《とも》だちのレイの足《あし》ったら
へんなにおいがするの
あっ　誰《だれ》にも言《い》わないで　こんなこと……
だって　レイは　親友《しんゆう》なんだもの
だけど　レイの足《あし》は……

おわり

ときどき

授業中《じゅぎょうちゅう》
窓《まど》の外《そと》に
目《め》をやると
雲《くも》が見《み》える

雲《くも》は
たかく
たかく
空《そら》をながれている

そういう時《とき》　いつも
ちゃんと教科書《きょうかしょ》を見《み》なさいって
先生《せんせい》に注意《ちゅうい》されるの

まただわ

ゴロゴロ

ねこが　ボールのように
まあるくなって　ねているよ
どこに頭《あたま》があるのか
まったくわからない

ふわふわの毛《け》のかたまりが
まあるくなって　わになっているよ
のどをゴロゴロならしながら
しずかにねている

このこは　おもしろいねこだよ
ふわふわの毛《け》が
あったかくて
ゴロゴロうなる　帽子《ぼうし》だよ

このこを　頭《あたま》にのせて
帽子《ぼうし》がわりにしたり
ベッドの中《なか》で
足《あし》をあたためてもらったり

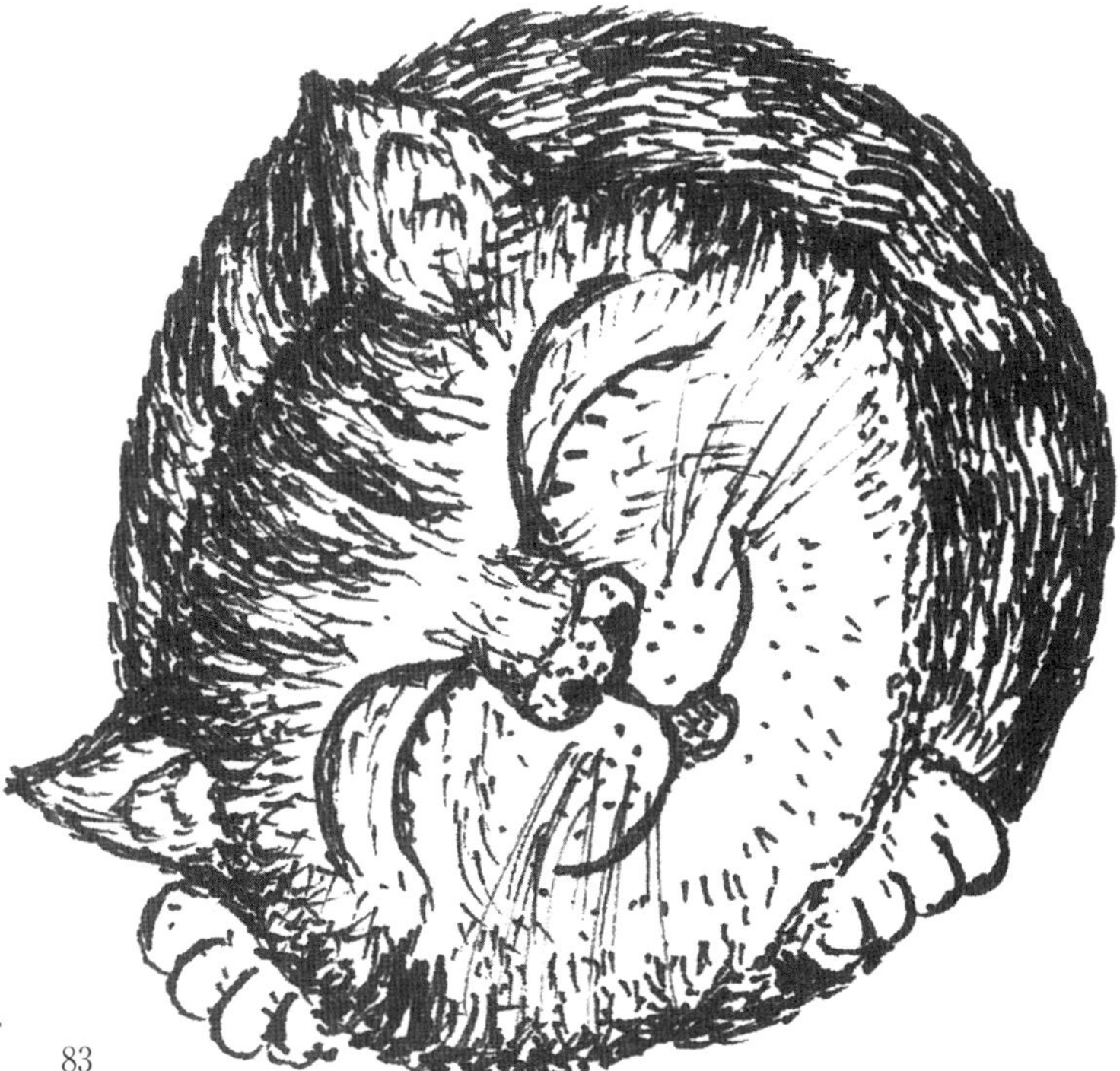

このこにさわると
ふんわり　あったかくて
うでの中《なか》で
ゴロゴロうなってる

でも　突然《とつぜん》
もの音《おと》を耳《みみ》にすると
もう
まあるくなってはいない

ねてなんかいない
そーっと……あっちへ
行《い》っちゃった
ゴロゴロだけのこして

ふゆ

暖炉《だんろ》のそばにいると
あったかくて　いい気分《きぶん》
足《あし》もスリッパをはいて
二匹《にひき》の冬《ふゆ》ねずみみたい

あったかいのみものやビスケットもあるし
パパがだっこしてくれるし
寝《ね》るまえには本《ほん》をよんでくれるし——
まあ　わるくないわ

テレビを見《み》たり
ハグしてもらったり
ネズミや絨毯《じゅうたん》の中《なか》にいる虫《むし》のように
あったかくて　いい気分《きぶん》
冬《ふゆ》なんて　平気《へいき》だよ
寒《さむ》いのなんて　へっちゃらさー
お家《うち》にいてあったかいのみものを手《て》にもっていれば！

あさ、あくび

あさ
起《お》きても
目《め》を
あけられない

あさは
あくびが
どうしても
とまらない

あくびをすると
起《お》きられない
だから
目《め》をとじる

目《め》はつぶったまま
あさよ　さようなら
もう　ぐっすりねてる
あくびも　しない

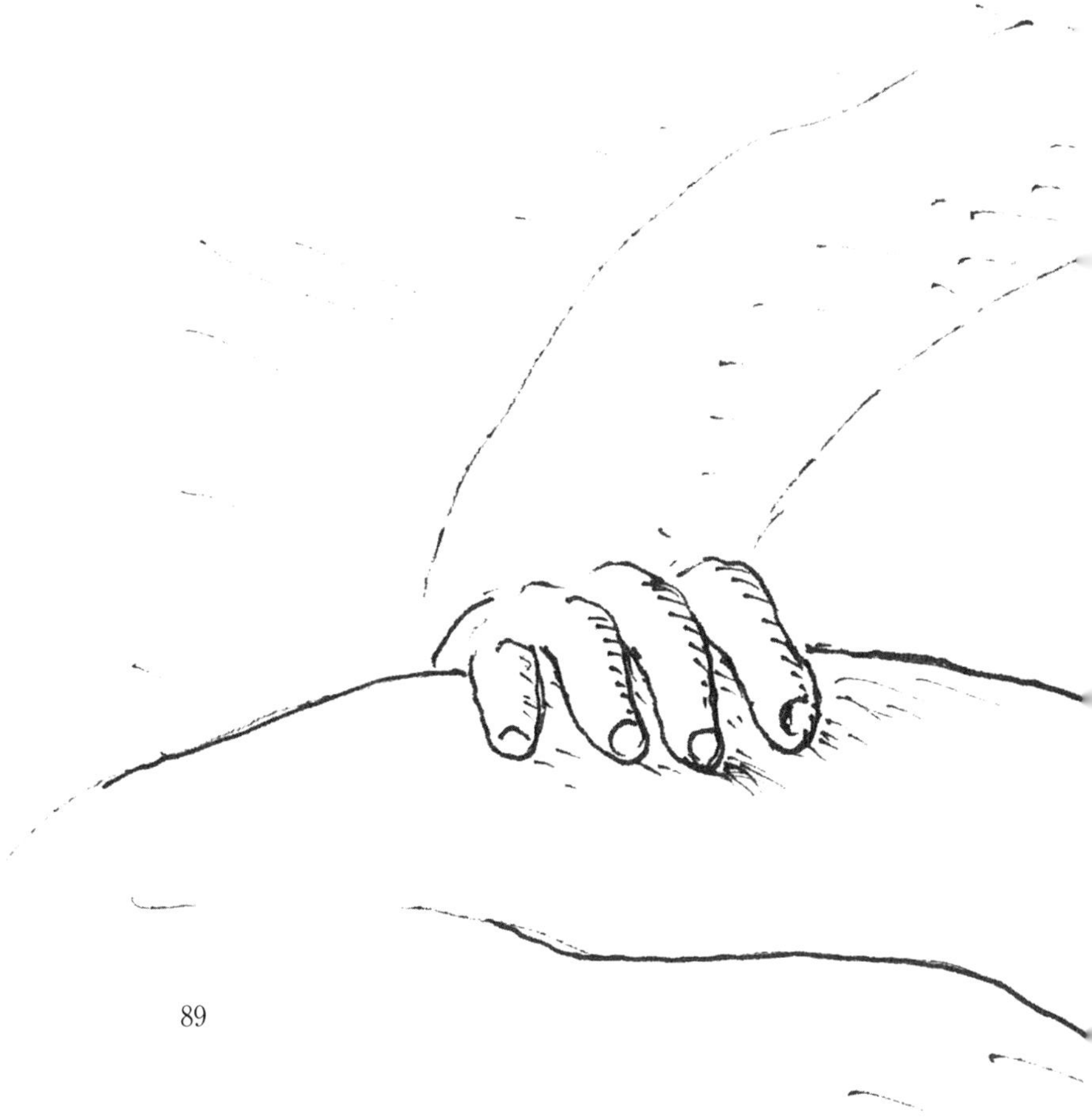

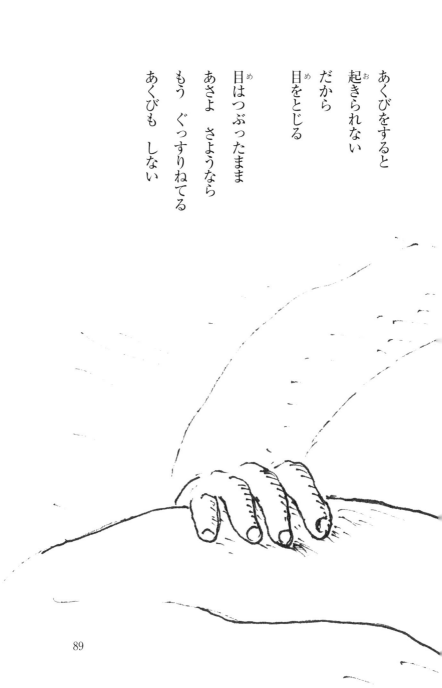

スパイク・ミリガン（1918〜2002）
イギリス出身、アイルランド国籍の詩人。詩人のみでなく、コメディアン、作家、音楽家、劇作家、俳優など、多才な活躍をした。喜劇グループ「グーンズ」を結成して、BBC ラジオのコメディ番組「ザ・グーン・ショー」で人気を得て、テレビ界でも成功。
多数の本を執筆、編集したが、コミカルな詩作でも人気があり、詩の大半は、子どもむけに書かれたもの。今回この本でとりあげた作品も、ドライな感じのユーモアが満載。

トニー・ブラッドマン（1954〜）

ロンドン生まれのイギリスの作家。ケンブリッジ大学卒業後、音楽関係の仕事に携わったが、その後すぐ出版界に移った。たくさんの子どもの本の受賞作家であり、よく知られた編集者でもあって、子どもの本の世界に多くの貢献をしている。

本書で取り上げた彼の作品にもブラッドマンの暖かいまなざしが感じられる。

彼の作品『Dilly the Dinosaur』シリーズはよく知られている。

あとがき

岩佐敏子
（訳者）

もともと「本を読むこと」がきらいな私は、児童文学、ましてや詩など性にあわないものと思っていました。

でもなぜか、縁あって、当時、西荻窪で開かれていた詩人であり作家でもある鶴見正夫先生の会にうかがうことになりました。

無知な私は、目の前の先生が、子育てのころよく口ずさんだ、あの「あめふりくまのこ」の作詞者でいらっしゃることもわからず…。

それからは、鶴見先生の下でその会の同人誌に作品を載せていましたが、そのうち私は、創作に行き詰ってきました。

そんな時、日本橋の丸善で、イギリスのナンセンスな詩に出会い、その翻訳を同人誌に載せるようになりました。

当時丸善には、イギリスのパフィンブックのナンセンスな詩の本がたくさんあり、足を運ぶのが楽しみでした。

鶴見先生は、私のまずい翻訳を暖かく見守ってくださり、この翻訳詩を「出版しなさいよ」とすすめてくださいました。

あれからもう何年も経ってしまいましたが、やっと整理がつき、このたび出版する運びになりました。

その上、挿絵を大ファンの飯野和好様に飾っていただくことができ、感謝の気持ちでいっぱいです。（いわさ・としこ）

岩佐敏子(いわさ　としこ)
東京生まれ。詩集に『へんてこらんど』『へんてこあそびうた』(三越左千夫少年詩賞受賞・リーブル)『でたらめらんど』(いしずえ)『ふしぎらんど』(四季の森社)『かぞくぞくぞく』(共著、らくだ出版)『そっとポケットのなかに』(共著、日本出版教育センター)インド児童文学の翻訳書に『トラの歯のネックレス』(共著、ぬぷん児童図書出版)『ヒマラヤの風に乗って』(共著、段々社)日本児童文学者協会会員、日本国際児童図書評議会(ＪＢＢＹ)会員、インド児童文学の会会員。

飯野和好(いいの　かずよし)
1947年埼玉県秩父生まれ。長沢セツ・モードセミナーでイラストレーションを学ぶ。
初期の「ａｎａｎ」の「きむずかしやのピエロットのものがたり」で、故堀内誠一さんにファンタジーの源を学び、起用してもらう。絵本に『ねぎぼうずのあさたろう』シリーズ(福音館書店)『くろずみ小太郎旅日記』シリーズ(クレヨンハウス)『ふようどのふよこちゃん』(理論社)『ぼくとお山と羊のセーター』(偕成社)など。
股旅姿で全国を読み語りで歩く。

ふしぎでおかしな子どものせかい　イギリス子どものうた

2023年3月1日発行
作者　スパイク・ミリガン＆トニー・ブラッドマン　訳者 岩佐敏子　画家 飯野和好
発行　株式会社リーブル　〒176-0004 東京都練馬区小竹町2-33-24-104
Tel.03-3958-1206　Fax.03-3958-3062
http://www.ehon.ne.jp
印刷・製本　株式会社東京印書館

 ISBN978-4-910310-03-9